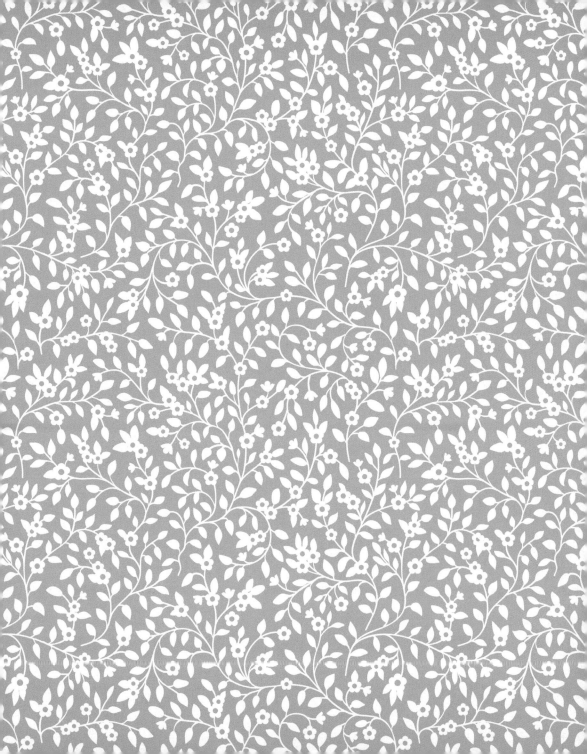

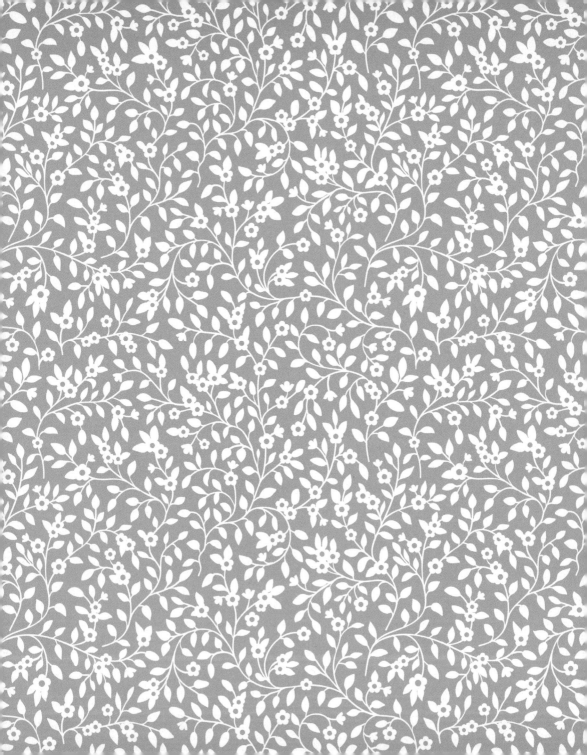

이 책을 세상 누구보다 멋진 삶을 살아 온

_____ 님에게 드립니다.

아름다운 순간, 노을빛 청춘을 담다
그림책 작가 김인자의 아메리칸 포토 에세이

꽃보다 할매 할배

1판 1쇄 | 2017년 07월 15일

지은이 | 김인자

펴낸이 | 모계영
펴낸곳 | 가치창조

등 록 | 제406-2012-000041호
주 소 | 서울시 종로구 사직로 8길 34, 1104호(경희궁의아침 3단지 오피스텔)
전 화 | 070-7733-3227
팩 스 | 02-303-2375
이메일 | shwimbook@hanmail.net

ISBN 978-89-6301-153-0 (03810)

가치창조 공식 블로그 http://blog.naver.com/gachi2012

꽃보다
할매
할배

김인자 글·사진

아름다운 순간, 노을빛 청춘을 담다

그림책 작가 김인자의 아메리칸 포토 에세이

가치창조

병원에 갔다.
아들 손에 의지해 병원에 온 할머니를 만났다.

늙은 아들은 앞에서
더 늙은 엄마는 뒤에서
아들 손을 지팡이 삼아
힘겹게 병원에 왔다

꼬부랑 꼬부랑 할머니,
몸이 바짝 마른 할머니,
많이 아픈 할머니.

그래도 아들 손을 잡고 병원에 온
할머니 얼굴은 행복하다.
"내 아들이야!" 하는 것 같다.

온 세상 할머니 할아버지의
지팡이가 되고 싶다.

온 세상 할머니 할아버지의
다정한 친구가 되고 싶다.

할머니 할아버지가 말벗이 그리울 때는
맞장구를 쳐 가며 할머니 할아버지의 이야기를
잘 들어 주는 다정한 말동무가 되고 싶다.

할머니 할아버지가 하는 이야기를
잘 듣고 좋은 책으로 써서
온 세상 사람들에게 정성을 다해 읽어 주고 싶다.

_책 읽어 주는 그림책 작가, 김인자

차례

part 1
이야기 한 자락에 사랑을 담다

part 1

이야기 한 자락에
사랑을 담다

언제나 한 쌍

60세 조 할아버지.

조 할아버지의 짝꿍인 할머니의 엄마와
조 할아버지의 엄마가 똑같이 85세이고
오랜 친구 사이다.

그래서 꽃을 사든 무엇을 사든
똑같이 두 개씩 사야만 한다.

힘들다면서도
항상 밝게 웃는 조 할아버지.
참 좋은 조 할아버지.

할머니, 사람이 너무 많아요.
우리 다음에 올까요?

그러자.
어차피 이 할미 좀 있으면 가게 될 텐데.

하늘 가까이 있는 천문대.
그리피스 천문대.

천문대에 가 보고 싶은 손자는
하늘과 가까이 있는 천문대에
가고 싶지 않은 할머니 마음을
알 것도 같습니다.

엄마, 나도 풍선 사 주세요.

풍선? 토미는 풍선 안 좋아하잖아.

할머니, 엄마와 함께 디즈니랜드에 놀러 온 토미.

수잔 누나가 '겨울 왕국' 풍선 좋아해요.

오랫동안 병원에 입원해 있는 수잔 누나에게
풍선을 가져다 주고 싶은 토미.

처음으로 엄마에게 풍선을 사 달라고 졸라 봅니다.

화분

63세 뮤 할아버지.

허리가 아파 집에 누워 있다가
갑자기 엄마가 보고 싶어
꽃 들고 공원 묘지에 왔어요.

오늘이 어버이날인데
돌아가신 엄마가 보고 싶어
꽃 화분 들고서
174Km 거리를 운전하고 왔어요.

할아버지 엄마인 왕 할머니가
허리도 아픈데 뭐하러 왔냐 하겠지만
속으로는 이 꽃처럼 환하게 웃을 거예요.

할아버지, 어부바

할아버지.
왜?

허리 아파요?
왜 아가야?

아까부터 "아이구 허리야!" 그러니까요.
이 할아버지가 그랬어?

내가 할아버지 업어 줄까요?
할아버지가 나 아기 때부터 업어 줬으니까,
이제부터 내가 할아버지 업어 줄께요.

할아버지
어부바…….

그리운 내 사랑

70세 사만다 할머니가
예쁜 옷을 입고 막내 동생이랑
디즈니랜드에 사진 찍으러 왔다.

사랑하는 할아버지에게 보여 주려고
예쁜 모자 쓰고
예쁜 옷 입고

할아버지가 살아 생전 좋아하던
디즈니랜드에 사진 찍으러 왔다.

할아버지가 사 준
예쁜 원피스입고
할아버지가 사 준
예쁜 모자 쓰고

할아버지가 좋아하던 디즈니랜드에 사진 찍으러 왔다.
할아버지에게 보여 주려고……

손잡고 걸어가요

아, 빨리빨리 좀 와.
굼벵이를 삶아 먹었어?

다리가 아픈 수잔 할머니가
멋쟁이 할아버지랑 놀이 공원에 왔다.

할아버지한테 며칠을 졸라서
놀이 공원에 온 수잔 할머니.

할아버지가 투덜거려도
할아버지와 함께 와서 행복한 수잔 할머니.

할아버지!
할머니 손 잡고 천천히 걸어가세요.

나한테 업히렴

앤!

언니!

아이고, 다리도 아픈데 먼 길 오느라 고생했다.

올해 72세인 언니 메리언 할머니가
70세인 앤 할머니를
기차역으로 마중 나왔다.

아이고, 내 생일이 뭐라고
아픈 다리를 끌고
몇 시간을 기차 타고 오냐.

언니인 메리언 할머니는
아픈 다리를 절뚝절뚝 끌며
플랫폼을 나오는 동생을 보자
눈물이 핑 돕니다.

너 나한테 업힐래?

에구, 언니야.
내가 얼마나 무거운데
살살 걸어가면 된다.

동생인 앤 할머니도 안 본 사이에
야위고 늙어 버린 언니를 보자
마음이 아파 다리에 힘이 빠집니다.

언니가 걱정할까 봐.
앤 할머니는 아프지 않은 척 씩씩하게
아픈 다리를 천천히 떼어 봅니다.

좋아요? 영감?

엉, 좋아.

65세 아델라 할머니는 67세 타이슨 할아버지를
많이 사랑합니다.

타이슨 할아버지는 2년 전 뇌출혈로 쓰러졌습니다.
할아버지 대소변도 받아야 하고 밥도 먹여 줘야 하고
할머니가 많이 힘들텐데.

아델라 할머니는 단 한 번도
힘든 내색을 안 합니다.

할머니는 일주일에 세 번 할아버지를 모시고
사람 많은 데에 와서 할아버지 기분을 전환시켜 줍니다.
그러면 할아버지는 온몸을 뒤틀어가며 기뻐하지요.

그런 할아버지를 보며
할머니는 힘을 냅니다.

옥신각신 사랑싸움

아, 영감 그 커피 마시면 안 된다니까요.
카페인 없는 이 커피 마셔요.

커피에 카페인이 안 들어가면 무슨 맛이야?

아, 몰라 먹을 거야.

내가 할매 말 듣고 담배도 끊었는데
이 커피는 마실 거야.

나는 단 커피가 좋아.

74세 잭 할아버지와 72세 제인 할머니.
잭 할아버지의 건강 수호 천사인 제인 할머니.

할머니는 할아버지에게 카페인이 없는 커피를 마셔야 한다며,
커피를 바꾸라고 옥신각신한다.

바라만 봐도 부끄러워요

동갑내기 62세
도널드 할아버지와 캐시 할머니.

할아버지와 할머니는 60년째 친구 사이.

갓난아기 때부터 친구인 도널드 할아버지와 캐시 할머니.

할아버지는 할머니를 쳐다만 봐도 귀엽다고 한다.

캐시 할머니를 바라만 봐도
머리까지 빨개지는 부끄럼 대장 도널드 할아버지.

그런 할아버지가 귀여운 캐시 할머니도
좋아서 박수를 친다.

백 칸까지 가면 백 살까지 살 수 있어?

할아버지 힘드세요?

아직은 괜찮다.

열다섯, 열여섯.
할아버지 조금만 더 힘내세요.

우리 할아버지는 당뇨예요.
그래서 열심히 운동을 해야 해요.
할아버지는 운동하는 게 싫으시대요.
그래서 엄마랑 할머니랑 내가 할아버지랑 같이 운동을 해요.

스물다섯, 스물여섯.
할아버지! 백 칸 가면 쉬었다 가요.

백 칸 가면 백 살까지 살 수 있어?

그럼요, 할아버지.
매일매일 백 칸씩 열심히 걸으면 백 살까지 건강하게 살 수 있어요.
그러니까 힘들어도 열심히 걸어요, 할아버지.

날씬해져야지

아! 나도 날씬해지고 싶다.

잘 생각했어 제이미. 나하고 운동하자.

응, 내일부터.

너 어제도 내일부터 한다고 했잖아!

응, 내일부터 꼭 할게.
오늘은 몸이 좀 안 좋아.

어려서부터 친한 친구인 마리 할머니와 제이미 할머니.

운동을 매일 하는 마리 할머니는 날씬하고 건강한데
운동 안 하는 제이미 할머니는 뚱뚱하고 온몸이 아프다.

날씬한 할머니가 뚱보 할머니에게 운동하자고 매일 조른다.

제이미 할머니!
마리 할머니 부탁 좀 들어주세요.

삶은 달걀

5, 4, 3, 2, 1
빠아앙······.

우와, 진짜 기차 들어오는 게 다 보이네.
도리스 내 말이 맞지?

그러게요. 켄트 당신 말이 맞네요.
여기 앉아 있으면 기차가 들어오는 거
볼 수 있다더니 정말 한눈에 다 보이네요.

당신이 좀 더 건강해지면
그때는 기차 타고 좀 더 멀리 가 봅시다.

고마워요, 켄트.

75세 켄트 할아버지가 70세 도리스 할머니에게
삶은 달걀 하나를 까서 건네줍니다.

달걀 한 입을 베어 먹은 도리스 할머니
켄트 할아버지의 정성스러운 마음에 목이 메입니다.

기차역

엘사 할머니 70세.
존 할아버지 75세.

할아버지가 뇌경색으로 쓰러져서
꼼짝도 못하고 2년 넘게 침대에 누워 있었는데
할머니의 지극정성으로 일어났다.

존 할아버지는
발이 뒤틀려 있고 잘 걷지 못한다.

매일 저녁 식사를 마치면
엘사 할머니는 할아버지와 함께
역 주변을 돌며 할아버지를 걸음마 운동시킨다.

엘사, 나도 저 기차처럼
내가 가고 싶은 곳까지
슝슝 달리고 싶어.

곧 그렇게 될 거예요.
내가 그렇게 만들어 줄게요.
그러니까 힘내요.

함박웃음

할머니, 뭘 그렇게 보세요?

예쁜 아기 본다.

아기 보고 그렇게 웃는 거예요?

내가 웃었어?

네, 할머니 아까는 화난 줄 알았어요.

나 화 안났는데 늙으면 웃음도 늙나 보다.

80세 델마 할머니.
아기가 나타나자 아무 표정 없던 얼굴에
웃음꽃이 활짝.

아기는 무표정한 할머니도 환하게 웃게 하는
신의 선물.

41

똑같아요

70세 멋쟁이 스텔라 할머니가
동갑내기 할아버지랑
디즈니랜드로 데이트를 왔다.

할아버지랑 모자도 똑같이
옷 색깔도 똑같이.

똑같아요.
똑같아요.

멋쟁이 할아버지랑 할머니
두 분이 똑같아요, 똑같아요.

나도 저럴 때가 있었지

영감, 이제 집에 가요.
나 춥고 피곤해요.

그럴까?

집에만 있는 할머니가 안쓰러워서
할머니를 데리고 놀이 공원에 온 할아버지.

아기를 태우고 유모차를 미는
젊은 엄마 아빠를 보고
'나도 저럴 때가 있었지!'
하고 빙그레 웃는다.

할머니는 언제나 내 편

어서 먹어라. 식으면 맛없다.

할머니 나 안 먹으면 안 돼요?

응, 먹어야 돼.
안 먹으면 기운이 없어.
구경 잘 하려면 잘 먹어야 돼.
그래야 힘 나서 재미있게 구경하지.

엄마 아빠 손잡고 예쁜 옷 입고
디즈니랜드에 소풍 온 수잔은
친구 릴리가 부럽습니다.

나한테도 저런 할머니가 있었으면 좋겠다.

수잔은 언제나 자기 편인 할머니와 사는
친구 릴리가 부럽습니다.

48

할아버지 힘내세요

91세 토니 할아버지.
다리가 아파서 자동 휠체어를 타고 다닌다.

오늘은 다른 차랑 살짝 부딪쳤는데
다치진 않았지만
할아버지는 슬프시단다.

늙고 병들어서 마음대로
걸을 수 없는 자신이
너무 한심하고 속상해서
많이 슬프시단다.

할아버지 힘내세요.

보고 싶은 우리 아들

할머니 누구 기다려요?
응, 우리 아들.

할머니 이거 드실래요?
아니 괜찮다, 아가야.

드시면서 기다리세요.
아니야, 우리 아들 오면 같이 먹을게.

한 시간도 넘게 자리에서 꼼짝도 않고
아들을 기다리는 사라 할머니.

어서 와요.
빨리 와요.
사라 할머니 기린돼요.

맴맴맴.
사라 할머니 그 자리에 딱 붙어 매미되기 전에
빨리 오세요.

마법 풍선

할머니 뭐 보고 웃으세요?

응, 풍선.
우리 아들이 어버이날이라고 달아 줬어.
우리 아들 보는 것 같아서 기분이 좋아.

82세 케시 할머니.

밥하다가 풍선 한 번 보고 웃고,
청소하다가 풍선 한 번 보고 웃고.

할머니를 웃게 만드는 마법 풍선.

먹을 까 말 까?

아유, 맛나다.
달달한 게 맛있네.
바로 이 맛이야.

올해 73세 된
크리스티나 할머니.
아이스크림 대장 크리스티나 할머니.

당뇨 때문에 꾹꾹 참고 안 먹었는데,
마트에서 공짜로 아이스크림을 받은
크리스티나 할머니.

먹으면 안 되는데 하면서 두 눈 꼭 감고
아이스크림 한 입을 크게 앙 베어 물었다.

당뇨 때문에 걱정인 크리스티나 할머니.
아이스크림을 삼킬까? 말까?
고민한다.

해바라기 할머니

할머니!
할아버지가 그렇게 좋으세요?

그래 좋다.
나는 할아비가 너무 좋아.
쳐다만 보고 있어도 너무 좋아.

70세 척 할아버지를 많이 사랑하는
동갑내기 수잔 할머니.

걸어 다닐 때도 할아버지랑 손깍지 꼭 끼고
할아버지 쪽만 바라보면서 걷는 수잔 할머니.

할아버지를 바라보는 것만으로도
너무 행복한 수잔 할머니.

언제나 할아버지만 사랑하는
해바라기 할머니.

아이스크림

너무 많이 먹었나 봐.
그러게 차가운 아이스크림을 왜 그렇게 먹어요?

할리우드잖아.
할리우드랑 아이스크림이랑 무슨 상관이에요?

볼 게 너무 많으니까 목이 자꾸만 말라.
에구 할리우드 핑계는.
아이스크림을 워낙 좋아하면서.

69세 아이스크림 대장 케니 할아버지가
65세 잔소리 대장 질 할머니와 할리우드에 구경왔다가
아이스크림을 많이 먹어서 배탈이 났다.

배도 아픈데 그만 집에 갈까요?
아니, 할리우드까지 왔는데 다 보고 갈거야.

아이스크림 대장 케니 할아버지.
할리우드에 와서 설사 대장이 되었다.

나랑 같이 수영할래?

올해 69세인 일레인 할머니.

집 안에 큰 수영장이 있는 부자 할머니.
인사해도 모른 체하는 무서운 호랑이 할머니.

그래도 나는 만날 때마다
"할머니 안녕하세요."
큰 소리로 인사를 한다.

할머니는 왜 수영 안 해요?

나 수영하는데?

아까부터 그 자리에서만 가만히 계셨잖아요.

그랬냐? 이 할미는 이게 수영하는거야.

가만히 있는 게 수영하는 거라고요?

그럼, 이렇게 온몸을 물에 담그고 있으면
이 할미 아픈 게 싹 사라져.
따뜻한 물이 할머니 몸을 구석구석 안마해 주거든.

할머니, 제가 안마해 드릴까요?

말만 들어도 고맙구나, 꼬마야.
너도 수영하고 싶니?

네, 할머니 저도 수영하고 싶어요.

그럼 이 할미랑 같이 수영할까?

그래도 돼요?

그럼 되지.
친구들 데리고 와서
함께 놀아도 된단다, 아가야.

추억을 담은 꽃 가게

여기에 무엇을 심으면 좋을까요?

선물하실 거예요?

네, 어버이날 95세 되는 우리 엄마에게
제가 직접 화분에 심어서 선물하려고요.

올해 72세인 티아라 할머니.

꽃 가게 주인한테
물은 얼마 만에 줘요?
이 꽃은 햇볕을 쐬는 게 좋은가요?
이것저것 물어본다.

우리 엄마가 꽃을 좋아해요.
지금은 기억을 모두 잃어버려서
생각이 안 나겠지만
꽃을 보면 기뻐할 것 같아서요.
우리 엄마도 오랫동안 꽃 가게를 했거든요.

노랑이 초록이

할머니 나 예쁘죠?
그래, 이쁘다.

햇볕아, 나 예뻐?
응, 예뻐 노랑아.

초록아.
네 할머니.

너도 이쪽으로 고개 좀 돌려 봐라.
햇볕을 골고루 받아야 노랑이처럼 이뻐지지.

아니에요 할머니.
저는 괜찮아요.
여기서도 햇볕을 받을 수 있어요.

할머니 그냥 두세요.
초록이는 부끄럼쟁이라서 그래요.
초록이는 혼자 있는 걸 더 좋아해요.

네, 할머니 노랑이 말이 맞아요.
저는 얼굴에 점도 많고…….

점? 초록이 점이 어때서?

할머니 초록이는 점박이에요.
그래서 혼자 있는 걸 좋아해요.

노랑아 초록이 점이 왜 생겼는 줄 아니?
왜 생겼는데요, 할머니?

노랑이 네가 지금처럼 티 없이 곱고 예쁜 건
초록이가 강한 햇볕을 막아 줘서야.

정말이에요, 할머니?

그럼 이거 봐라
할머니도 강한 햇볕 막아 주는 할아버지가 돌아가셔서
이렇게 주름도 많고 얼굴에 검은 점이 많잖니.
그러니까 노랑아 초록이랑 사이좋게 놀아라.

왜 화났니?

쿠키야
너 왜 화났어?

화 안 났어.

화났는데.

맞아. 나 화났어.
그러니까 말시키지 마.

왜 화났어?

할머니가 할아버지랑 둘이서만
다정하게 말하면서 걷고 있잖아.

나도 사람 말 배울 거야.

산책

68세 제임스 할아버지와
65세 카렌 할머니.

주말이 되면
똑같은 디자인의 옷을 입고
데이트를 즐기는
제임스 할아버지와 카렌 할머니.

오늘은 반바지에 남방을 입고 챙모자를 썼다.

조금 먼 곳까지 산책을 가려고 했는데
비가 올 것 같아서 잠시 기다리는 중.

하, 저기를 못 올라가 보네.

그러게요, 우리 젊었을 때는
저 꼭대기까지 거뜬히 올라갔었지요?

78세 동갑내기
신 할아버지와 베티 할머니.

산행을 좋아하는 두 사람은
정상까지 쉽게 올라갔었는데,
지금은 늙고 힘이 없어서
산 중턱에서 정상만 바라본다.

할머니의 모자

할머니 왜 울어요?

응, 조금 전에 검정 오리 한 마리가 죽었어.

68세 모마 할머니.
매일 아침 연못에 나와
오리들에게 모이를 준다.

검정 오리는 내일부터
할머니 모자에서 살겠네.

할머니가 키우던 이구아나랑 애벌레처럼
내일부터는 검정 오리도 할머니 모자에서 살겠네.

할머니 모자에
새 가족이 생기겠네.

엄마, 오래오래 사세요

할머니 뭘 그렇게 많이 샀어요?

응, 우리 엄마 드실 물하고 과일 좀 샀어.

63세 비버리 할머니
혈압이 높아서 힘들어 하면서도
거동을 못 하는 91세 엄마를 위해
일주일에 두 번씩 장을 본다.

물이 무거울 텐데 힘들지 않으세요?

힘들긴, 우리 엄마가 드실건데.
내 곁에 살아계신 것만으로도 감사해.

힘들어도 웃음을 잃지 않고
91세인 엄마를 지극정성으로 보살피는
비버리 할머니.

할머니도 건강하세요.

내가 매일 세어 줄게요

할머니 뭐하세요?

응, 병원에 입원해 있는 꼬마 친구들한테 줄 꽃을 만든단다.
분명히 내가 꽃 열 개를 만들었는데 다섯 개밖에 없네.

할머니, 내가 세어 볼까요?
하나 둘 셋 넷 다섯

거 봐라 다섯 개밖에 없지.

여기 있네.
여섯 일곱 여덟 아홉 열

할머니 머리에 꽃이 폈어요.

이런, 내가 꽃을 만들어 머리에다 꽂은 걸 잊어버렸구나.

괜찮아요, 할머니
내가 매일 세어 줄게요.

part 2

어느 할머니의
애틋한 가족 사랑
이야기

늘 그리운 이름, 엄마

할아버지.
뭘 그렇게 쳐다봐요?

구름 본다.

그런데 할아버지 구름 보면서 왜 울어요?

구름이 이 할아비 보고 싶은 사람이랑 똑 닮아서.

구름이 누굴 닮았는데요 할아버지?

응. 하늘나라 가신 우리 엄마.

손주가 만병통치약

할머니 뭐 하세요?

레몬 딴다.

65세 지나 할머니.
오래간만에 손주 왔다고
레몬을 따느라 바쁘다.

우리 손주가 레모네이드를 좋아해.

평소에는 아프다고 누워만 있었는데
손주가 온다고 하니까
지나 할머니.
힘이 불끈불끈 샘솟나 보다.

한 개만 더

할머니, 나 아이스크림 한 개만 더 먹을래.

안 돼, 지금도 많이 먹었어.

할아버지.

할머니가 안 되면 이 할아비도 안 돼.

할아버지는 이 세상에서 내가 제일 좋다면서 왜 안 돼?

응. 할아버지는 아이스크림 많이 먹는 아이는 안 좋아해.

바다를 좋아하는 할머니

오랜만에 나왔는데
햇볕도 따뜻하고
조금만 더 있다가 가요.

나는 추워.
어깨도 아프고
무릎도 저리고.

바다가 좋은 할머니와
할머니가 좋은 할아버지가
바닷가로 산책을 나왔습니다.

바다를 좋아하는 할머니지만
할아버지를 더 좋아하는 할머니는
집에 빨리 가자는 할아버지 말에 따라
아쉽지만 집으로 돌아갑니다.

할머니의 마음이 고마운 할아버지는
내일은 옷을 따뜻하게 입고 나와야지.
마음속으로 생각합니다.

88

힘센 할머니

할머니! 나랑 형이랑 누가 더 힘이 세?

내가 세지. 형이니까.

아냐. 형보다 내가 더 힘세.

내가 더 세거든.
내가 너보다 나이가 세 살이나 많잖아,
그렇지 할머니?

아니지 할머니. 내가 형보다 더 힘세지?
그렇지 할머니?

아니, 너희들보다 이 할미가 힘이 더 세.

왜 할머니?

내가 나이가 제일 많잖아.
그러니까 내가 제일 힘이 세지.

어버이날

아, 얼릉 가요.

할아버지와 백화점에 쇼핑 온 69세 마리 할머니.

분홍색 가방을 보고
발걸음이 떨어지지 않습니다.

저 가방 우리 엄니 사다 주면
참 좋아하겠다.

저 구두도 우리 엄니가 좋아하는 색인데.

예쁜 구두도 예쁜 가방도
모두 사다가 엄마에게 주고 싶은 마리 할머니.

어버이날인 오늘은 요양원에 있는 엄마가
너무 보고 싶어 눈물이 납니다.

할아버지의 따뜻한 품

존 일어나거라.
여기가 '스몰 월드'야.
배 타러 가자.

들어 봐라,
'It's a small land of the world'라는 노래가 울려 퍼지네.

존 어서 일어나거라.

세계 각국 인형들이 다 있어요.
저거 봐라 인형들이 노래하며 춤을 추네.
아유, 예쁘다.

할아버지!
나는 노래하고 춤추는 인형보다
할아버지한테 꼭 안겨서 자는 게 더 좋아요.

할아버지의 따뜻한 품이
나한테는 최고의 '스몰 월드'예요.

손자와 떠난 나들이

할아버지, 나 물.

물? 그래 잠시만 기다리거라.

72세 잭 할아버지와 68세 지나 할머니가
손자를 데리고 놀이공원에 놀러 왔다.

오랜만에 손자를 만난 할아버지와 할머니는
조금이라도 더 잘해 주고 싶어서 안절부절한다.

할머니, 나 초콜릿.

손자의 말이 끝나자마자
잭 할아버지와 지나 할머니는 가방을 열고
먹을 걸 찾느라 정신이 없다.

기다림

너희도 내가 무섭냐?

아니요? 안 무서워요.
왜요, 할아버지?

응, 우리 손자는 나를 무서워해서
나한테 가까이 안 오거든.

우리는 할아버지가 좋은데…….
매일매일 할아버지 오시기만 기다려요.

그러냐? 고맙다, 오리야.

나도 우리 손주가 우리 집에 오는 주말만
매일매일 기다리는데…….

이 할아비 기다려 줘서
고맙다, 오리야.

징검다리

어서, 건너와.

싫어요, 할아버지.
여기서 그냥 핸드폰할래요.

온종일 핸드폰만 들여다보고 있으면
눈도 나빠지고 건강에도 안 좋아.
한 바퀴만 걷자.

75세 조니 할아버지.
온종일 핸드폰만 붙잡고 있는
손자들 건강이 걱정되어
공원에 산책을 나왔습니다.

징검다리 미끄럽다고 조심히 건너오라는
할아버지의 걱정스러운 말에도
손자들은 꿈쩍도 않고 핸드폰만 합니다.

할아버지의 걱정스러운 마음만이
징검다리 위로 뚝뚝 떨어집니다.

뭐라고?

뭐라고?

엄마 건강하시라고요.

뭐라고? 잘 안 들려.

음식 먹을 때 꼭꼭 씹어서
잘 드시라고요.

손주 데리고 디즈니랜드에 온 62세 헬렌 할머니.
집에 혼자 있는 93세 제시 할머니.

같이 왔으면 좋을 걸 하며
엄마에게 안부 전화를 드린다.

별 따러 간 할아버지

할머니 뭐 봐요?

응, 보름달 본다.

보름달이 어디 있어요?

여기 있잖아.

이거요, 할머니?
누가 따다 줬어요?

할아버지가…….

우와, 할머니는 좋겠다.
그런데 할아버지는 어디 가셨어요?

응, 별 따러 갔어.

웨딩드레스

조금만 더 깎아 줘요.
많이 깎아 드렸어요, 할머니.
돈이 넉넉치 않아서 그래.

63세 마가리타 할머니가 드레스를 사러 왔다.

할머니 딸이 늦게 결혼하는데
예쁜 드레스를 사 주고 싶은 마가리타 할머니.
할머니는 가슴에 꽃이 달린 드레스가 맘에 드나 보다.

마가리타 할머니는 한 번도 드레스를 입어 보지 못했다.
그래서 딸만큼은 예쁜 드레스를 입고
결혼하는 걸 보고 싶은 마가리타 할머니.

아르바이트를 더 해야 겠다 생각하는 할머니.

아쉬운 마음에 할머니는
쉽게 옷 가게를 나오지 못한다.

할아버지는 슈퍼맨

소피야.
유모차 타자.

싫어, 할머니.
나는 할아버지가
안아 주는게 더 좋아요.

할아버지, 힘들어요?

아니, 하나도 힘 안들어.

할아버지, 힘세요?

그럼, 할아버지는 힘이 아주 세지.

할아버지는 왜 힘이 세졌어요?

우리 소피 매일 안아 줬더니 힘이 세졌지.

비행기 여행

할머니, 비행기 타고 오실 때 피곤하지 않았어요?

피곤하긴 우리 이쁜 강아지
만날 생각에 피곤한 것도 몰랐다.

68세 메리 할머니.
싱글벙글 호호 할머니.

할머니 여기가 LA예요.

내 평생 집귀신만 하다가 죽을 줄 알았는데
우리 이쁜 강아지 덕분에 비행기 타고
LA도 와 보고 행복하구나!

내일부터 할머니 관광시켜 드릴 생각을 하니 너무 기쁜 엘레나.

일하느라 바쁜 엄마 아빠 대신
엘레나를 키운 메리 할머니.

엘레나는 이 세상에서
메리 할머니가 제일 좋대요.

분홍색 머플러

기차역 반대편 플랫폼에서
할머니가 뭔가를 열심히 만들고 있다.

"할머니!"
큰 소리로 불러도 할머니는 대답이 없다.

몰래몰래 다가가서 할머니를 깜짝 놀래켜 드려야지 .

"할머니!"

아이고, 깜짝이야.
우리 강아지 언제 왔어?
잠시만, 거의 다 끝났다.

올해 80세인 로라 할머니.
로라 할머니는 당뇨 때문에 시력을 거의 잃었다.

그런데도 내 선물을 만드느라
저렇게 애를 쓴다.

우리 할머니가 한 땀 한 땀.
잘 보이지 않는 눈으로 짠 분홍색 머플러.

듬성듬성.
삐뚤빼뚤.

우리 할머니가 짠 분홍색 머플러.
매일매일 하고 다녀야지.
잘 때도 꼭 두르고 자야지.

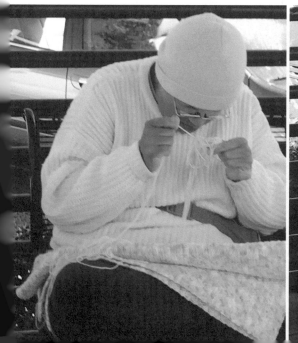

할아버지랑 살고 싶어요

할아버지 나 집에 가기 싫어요.
할아버지 할머니랑 여기서 살면 안 돼요?

주말을 손녀딸 케시와 지내고
케시를 다시 아빠한테 보내는 케니 할아버지.

할아버지도 케시랑 살고 싶어.
그런데 아빠도 케시를 많이 사랑한단다.

이 할아비가 우리 케시를 많이 사랑한단다.
그러니 너무 서운해 하지 마라.
너를 기다리고 있는 아빠 마음이랑
이 할아버지 마음이랑 똑같으니까…….

사랑한다. 우리 강아지.
주말에 이 할아비가 일어나자마자
우리 케시 데리러 갈게.
아빠랑 엄마랑 잘 지내고 있어라.

어떤 천이 좋으냐?

엄마 힘드세요.
그냥 이불 사요.

사는 거랑 내가 만들어 주는 거랑 같니?
이 어미가 언제까지 눈이 보일지도 모르고…….
어서 골라라.
어떤 천이 예쁘냐?

72세 첼시 할머니가 50살 먹은 딸에게
이불을 만들어 주고 싶어서
딸이랑 옷감 가게에 왔다.

녹내장 수술을 받은 첼시 할머니
한쪽 눈으로 바느질하기 힘들텐데.

지나 아줌마는 첼시 할머니가 만들어 주는 이불은 좋지만
한쪽 눈으로 바느질할 엄마 걱정에 마음이 아프다.

손주 집에 가고 싶다

이거 어때?

좋아 보여요, 할아버지.

올해 80세가 된 클리프 할아버지.
오늘 보조 걸음기를 샀는데
나에게 기능을 자세히 설명해 준다.
할아버지는 젊었을 때 공학도였단다.

이것만 있으면 어디든지 갈 수 있다.
다른 할매, 할배들도 이것만 있다면
어디든 저 가고 싶은 데 마음대로 갈 텐데.

할아버지는 어디 가고 싶으세요?

응. 나는 우리 손주 집에 가고 싶다.

117

사랑을 전하는 장난감

할머니?
파란 주머니 속에 뭐 있어요?

좋은 거 있다.

좋은 거 뭐요?

장난감.
할머니가 일하는 곳에 온 손님이
손주 주라고 선물을 줬어.

햄버거 가게에서 일하는 69세 린다 할머니.
온종일 일하고 집에 가는 버스를 기다리면서
파란 주머니 속에 손을 넣고
만지작만지작.

선물이 잘 있나
만지작만지작.

우와, 이거 예쁘다.
언니, 우리 이거 사자.

이쁘냐? 사 줄까?

안 돼요, 할머니.
이모 할머니 저거 충동구매야.

물건 사기 좋아하는 이모 할머니.
그런 동생이 그저 예쁘기만 한 우리 할머니.

내가 아무리 사 주지 말라고 옷을 잡아끌어도
우리 할머니는 이모 할머니가 사 달라는 걸 또 사 줄 거다.

할머니는 갖고 싶은 거 없어?

없어.

할머니 어릴 때 우리 집이 너무 가난해서
이모 할머니가 갖고 싶다는 걸 하나도 못 사 줬어.

이 할미는 우리 강아지가 갖고 싶은 거
네 이모 할머니가 갖고 싶은 게 갖고 싶은 거야.

어서 빨리 어른이 되었으면 좋겠다.
돈 많이 벌어서 우리 할머니
갖고 싶다는 것 다 사 주어야지.

두 손 꼭 잡고

언니가 먼저 들어갈래?
내가 먼저 들어갈까?

꼭 들어가야 해?

그럼 바라만 보는 거랑
직접 들어가는 거랑은 다르지.

나 물 무서운데.

걱정하지 마 언니.
내가 같이 들어가 줄게.

83세 동생 할머니가
91세 언니 할머니를 데리고
난생 처음 바다에 왔습니다.

사실은 물을 무서워하는 언니 할머니처럼
동생 할머니도 물이 무섭습니다.

언니와 함께여서 동생 할머니는 용기를 냅니다.
동생과 함께여서 언니 할머니는 용기를 냅니다.

우리 저기 하얀 물 선 있는 데까지만 갔다 오자!

그러자 언니.

91살 언니 할머니와
83살 동생 할머니가
난생 처음 바다에 왔습니다.

언니 할머니와 동생 할머니가
두 손 꼭 잡고 서로를 격려하며
한 발짝 한 발짝
바다로 걸어갑니다.

오른발 왼발.
오른발 왼발.

따르릉따르릉

따르릉따르릉.
비켜나세요.
자전거가 나갑니다.
따르르르릉.

할머니 어디 가세요?

우리 딸 생일 선물 사 가지고 간다.

할머니 딸이 몇 살인데요?

응, 83살.

무슨 선물 샀어요? 할머니.

응, 우리 딸이 좋아하는 가방.
예쁘지?

네, 할머니 참 이뻐요 .

엄마 옷

할머니 뭐 하세요?
우리 엄마 옷 사려고 이거 예쁘지?
예뻐요, 할머니.

우리 엄마가 보라색을 엄청 좋아하거든.
이 꽃신이랑도 어울릴까?
네, 잘 어울려요, 할머니.

색이 너무 요란하지 않을까?
요란하지 않아요, 할머니.

할머니 엄마 나이가 몇 살인데요?
93살.

너무 요란하지?
아니에요. 할머니.
93살 할머니한테 딱 어울리는 예쁜 옷이에요.

우리 엄마 살아 있을 때 이런 옷을 못 사 드려 봤어.
지금이라도 사 드리고 싶어.

사랑싸움

백화점에 쇼핑 나온 70세 동갑내기
존 할아버지와 수잔 할머니.

집에서 잠자고 싶은 할아버지
할머니한테 강제로 끌려 나왔나 보다.

어서 집에 가서 잠자고 싶은 존 할아버지.
이거 저거 구경하는데 신이 난 수잔 할머니.

영감, 좀 빨리빨리 밀어요.
무슨 남자가 그렇게 힘이 없어요?

힘이 없단 할머니 말에
마음 상한 할아버지.

힘든 거 참고 내가 열심히 밀어 줬더니만.
할망구가 뚱뚱해서 그렇지.

속이 상한 존 할아버지
팔짱을 끼고 그 자리에 딱 멈춥니다.

그렇게 마음에 안 들면
할멈 혼자서 가 보든가.

할아버지에게 힘없다 말해 놓고
금새 미안한 마음이 든 수잔 할머니.

아이고, 농담이에요. 농담.
영감이 이 세상에서 제일 힘세요.

진짜?
그럼요 진짜죠.

할머니 말에 마음이 풀린
착한 우리 존 할아버지.
밀어 줄까 말까 고민합니다.

할아버지와 아르바이트

할아버지 운동 가세요?

아니. 아르바이트 간다.

매일 아침 자전거를 타고
돈 벌러 가는 67세 핵터 할아버지.

차가 없어서 한 시간 반을 자전거 타고
디즈니랜드로 아르바이트하러 간다.

할머니와 아들이 아파서
약 살 돈을 벌러
매일 아침 한 시간 반을 자전거 타고
아르바이트 가는 핵터 할아버지.

내가 돈 많이 벌어서 할아버지 차 사 주고 싶다.

보고 싶어요, 할머니

감자야, 똥 다 쌌니?
그럼 이제 집에 들어갈까?

잠시만요, 할머니.
할머니, 사라 할머니 언제 산책 나와요?

응, 사라 할머니 아픈 거 다 나으면.
감자야, 너도 사라 할머니가 보고 싶니?

네, 할머니.
감자도 사라 할머니가 보고 싶어요.

사라 할머니, 아프지 마세요.
빨리 나아서 산책 나오세요.

보고 싶어요, 사라 할머니.

사랑을 제단해요

뭘 그렇게 열심히 보세요?

패턴책 본다.

패턴책을 왜 보세요?

우리 손녀딸이 학교에서 연극을 하거든.
그래서 우리 손녀딸 연극 의상을 만들어 주려고.

우와 할머니는 책만 보면
옷을 만들 수 있어요?

그럼 다 만들 수 있지.

샤론 할머니는 요술 손을 가졌나 보다.
예쁜 천에 할머니 손만 갖다 대면

쓱싹쓱싹 뿅…….
쓱싹쓱싹 뿅…….
하고 예쁜 옷이 나온다.

안경, 사랑이 보이게 하다

할머니!

응, 잠시만…….
할머니 뭐 찾아요?

으응, 이 할미가 보고 싶은 거 볼 수 있게 해 주는 거.
그게 뭔데요 할머니?

응, 할머니 안경
할머니 안경이요?
응, 암만 찾아도 안경이 안 보이네.

할머니, 안경 할머니가 쓰고 있는데.
이런, 정신머리하고
요즘 이 할미가 자꾸자꾸 잊어버린다.

할머니, 걱정하지 마세요.
제가 매일 가르쳐 드릴 게요.
그러니까 잊어버려도 걱정하지 마세요, 할머니.

part 3

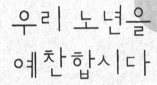

우리 노년을
예찬합시다

나를 닮은 풍선

할아버지.

꼬마야 왜?

할아버지는 왜 새 풍선 안 사고
매일매일 세일 풍선을 사요?

응, 나는 세일 풍선이 좋아.

왜요, 할아버지?
세일 풍선은 바람도 빠지고 쭈글쭈글한데 왜 사요?

응, 세일 풍선은 나를 닮았어
쭈글쭈글하고 힘도 빠지고.

할아버지는 나를 닮은 세일 풍선이 좋아.

미국 여행

우와 심계옥 할머니.
할리우드 여배우 같으세요.

색깔이 너무 야하지 않니?

예뻐요. 그레이스 켈리 같아요.

그게 누구야?

미국 여배우처럼 예쁘다고요.

이거 미국에서 우리 딸이 보내 준 거야.
이 모자를 쓰고 있으면
내가 미국 할망구가 된 거 같단다.

모자를 좋아하는 심계옥 할머니.
미국 모자 쓰고 미국 할머니가 되었다.

88년 평생 집 안에서만 뱅뱅 돌던 심계옥 할머니.
미국 모자 쓰고 바다 건너 미국 여행 중이다.

144

난 더 예뻤는데

난 더 예뻤는데
저만할 때

62세 로즈 할머니
손녀딸과 사진 찍는 백설공주를 보며
많이 부러운가 보다.

난 더 예뻤는데
저만할 때

이 말을 20번도 넘게 하신다.

난 더 예뻤는데
저만할 때

맞아요, 할머니.
로즈 할머니는 지금도
많이 예뻐요.

할아버지의 꿈

할아버지 뭐하세요?

으응. 이 할아버지 젊었을 때 꿈이 모델이었어.
저 마네킹보다 훨씬 멋지게 폼 잡을 수 있는데.

해 보세요 할아버지.

그럴까?

짜잔, 어때?

우와 멋있어요, 할아버지.
마네킹보다 할아버지가 훨씬 멋있어요.

할리우드는 할아버지의
잃어버린 꿈도 찾게 해 주는
신기한 마법의 장소.

할머니 컴퓨터를 배우다

애가 무슨 소리를 하는 건지
도대체 모르겠네.

도서관에서 컴퓨터 그래픽을 배우는
83세 노라 할머니.

뭐가 잘 안되는지
선생님에게 한참 물어보더니
혼자 또 끙끙 댄다.

글자는 또 왜 이렇게 작은 거야?

툴툴거리면서도
열심히 배우는 노라 할머니.

할머니 힘내세요, 파이팅!

연못 선생님

이 물고기는 말야.
내가 말을 시키면 내 말을 알아듣는 거 같아.

와, 진짜요 할머니?

그럼 진짜지. 이 오리들도 항상 내 뒤만 졸졸 쫓아다녀.
옛날에 내가 가르치던 우리 아이들 같아.

매일 아침 9시가 되면 연못에 나와 꼼꼼하게
물고기, 거북이, 오리를 살피는 리사 할머니.

젊었을 때 선생님이었던 리사 할머니.
지금도 아침 9시가 되면
학교에서 아이들을 가르치듯이 공원 연못에 와서
물고기, 거북이, 오리에게 이 얘기 저 얘기 들려주고
도서관으로 공부하러 간다.

부지런한 91세 리사 할머니
건강하셔야 해요, 할머니.

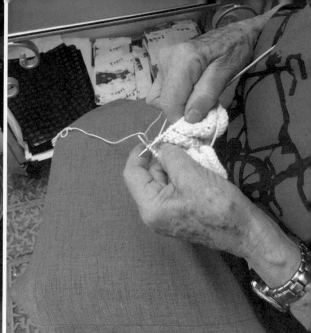

사랑을 뜨개질해요

80세 린다 할머니는 뜨개질 대장.

린다 할머니는 눈을 감고도
뜨개질을 한다.

아기들 모자와 신발을 만들어
어려운 곳에 선물로 보내는 린다 할머니.

린다 할머니는 뜨개질 대장.
나눠 주기 대장.

나란히 나란히 나란히

나란히 나란히 나란히
할아버지 옆에 할머니가
나란히 나란히 나란히

할머니 옆에 할아버지가
나란히 나란히 나란히

할아버지 어디 가요?
기차 타고 여행 간다.

누구랑 가요? 할아버지.
할아버지 친구랑 간다.

나란히 앉아서
맛있는 것도 같이 먹고
속닥속닥 얘기도 하고
멋진 풍경도 같이 볼 거다.
좋겠지?

사는 재미

나 어때?

이뻐요 할머니.

85세 아이리스 할머니.

얼굴도 하얗고
옷도 새하얀
백설공주 할머니.

할머니는 마켓에 오면
제일 먼저 귀걸이와 목걸이부터 구경한다.
그러다 예쁘고 값이 싸면 꼭 산다.

이것이 아이리스 할머니의 사는 재미.

오드리 햅번

엄마!

여기가 그 유명한 할리우드 차이니즈 씨어터야.

오드리 햅번의 손자국 발자국이 보고 싶다며?

엄마 고개 들고 잘 찾아봐.

오드리 햅번을 좋아하는 79세 사라 할머니.

우울증이 심해서 딸이 할리우드에 데리고 왔는데
사라 할머니는 바깥이 무서워 두려움에 고개도 못 든다.

할머니 괜찮아요.
고개 들고 할머니 좋아하는 오드리 햅번을 찾아보세요.

인기 최고 할머니

할머니.

응.

오늘도 할머니가 우리 친구들한테
인기 최고였어요.

59세인 베로니카 할머니.
손녀인 제시네 학교 학예회에
마녀처럼 꾸미고 왔다.

제시네 학예회 때마다
동화 속 캐릭터로 꾸미고 오는
베로니카 할머니.

다음엔 예쁜 백설공주로 꾸미고 오세요, 할머니.

이야기 주머니

할아버지 어디 가세요?
강연하러 간다.

무슨 강연이요, 할아버지?
건강 생활에 대해서.

와, 할아버지 강연 잘하세요?
응, 잘한다.

의사 선생님인 70세 브라이언 할아버지와
71세 드류 할아버지는 강연을 잘한다.

브라이언 할아버지와 드류 할아버지에게는
말을 잘하게 하는 이야기 주머니가 있다.

브라이언 할아버지는 하얀 콧수염 속에
말을 잘하게 하는 이야기 주머니가 있고

드류 할아버지는 할아버지가 끼고 있는
마법의 반지 속에 말을 잘하게 하는 이야기 주머니가 들어 있다.

할머니.

응.

누구 찾으세요?

같이 온 친구들을 잃어 버렸어.

뉴욕에서 온 85세 세실 할머니.

브룩클린 다리 아니?

몰라요 할머니.

브룩클린 다리는 뉴욕에 있는 16개 다리 중에서
역사가 가장 오래되고 아름다운 다리야.
뉴욕 엠파이어 스테이트는 가 봤니?

아뇨 못 가봤어요 할머니.

친구들이랑 디즈니랜드에 놀러 온 세실 할머니.
길을 잃어버렸는데도 얼굴이 해맑기만 하다.

할머니 경찰관 아저씨 불러 드릴까요?

아니, 여기 가만히 앉아 있으면 친구들이 찾아올 거야.

고마워.

아가야.
너도 엄마를 잃어 버리면 당황하지 말고
그 자리에서 가만히 있으면 돼, 알았지?

천천히 걸으세요, 할머니

할머니 왜 이렇게 바쁘세요?

응 내가 제일 먼저 가서 구경할 거야.

친구들보다 먼저 구경 간다고
빨리 걷는 멜라니 할머니.

멜라니 할머니는 무엇을 하든 항상 제일 먼저 해야 한다.

그래야 안심이 되는 멜라니 할머니.

할머니 조심하세요.
그렇게 급하게 걷다가 넘어지면 큰일 나요.
천천히 걸으세요, 할머니.

정지

정지!

할머니 수신호 하나면
차들은 모두 얼음이 되고
길 건너가는 우리들은 모두가 땡.

교통 도우미 할머니와 함께 하는 얼음 땡 놀이.

할머니가 정지! 하면
차들은 얼음!
우리는 땡.

할머니와 함께 하는 얼음 땡 놀이
안전한 얼음 땡 놀이

할머니는 우리가 안전하게 건널 수 있게
늘 정지!를 외친답니다.

꼼지락 꼼지락

할머니 뭐 하세요?

응, 우유곽이 잘 안 따지네.

이쪽으로도 안 열리고,
반대쪽으로도 안 열리고.

두 발을 햇볕에 내놓고
꼼지락 꼼지락.

잘 열리지 않는 우유곽 때문에
티파니 할머니 발가락이
꼼지락 꼼지락.

책이 읽고 파!

할아버지, 무슨 책 빌리셨어요?

나는 책 안 빌린다.

78세 튜안 할아버지는 영어를 읽을 줄 모른다.

그래서 읽을 수 없는 책 대신
비디오를 빌려 갈까 생각 중이다.

그래도 자꾸만 책이 있는 서가를 쳐다보는 할아버지.

할아버지가 영어를 잘해서
책을 빌려갈 수 있으면 좋겠다.

책 읽는 할아버지

할아버지 뭐하세요?

응, 이 할아비 신문 읽는다.

신문은 집에서도 읽을 수 있잖아요?

할아버지는 도서관에서 신문 읽는 게 좋아.
도서관에는 할아버지가 읽고 싶은 신문이
모두 다 있거든.

올해 70세인 스텐리 할아버지.

할아버지는 도서관에 와서
이것저것 읽는 것이 취미다.

신문도 읽고 책도 읽고
스텐리 할아버지는 읽기 대장이다.

멋쟁이 할머니

73세 나오미 할머니는
멋쟁이예요.

나오미 할머니는
옷도 까맣고
구두도 까맣고
선그라스도 까맣고
지팡이까지도 모두 까만색이에요.

나오미 할머니는
걷기대장이에요.

백내장 수술을 받은 나오미 할머니는
운동을 해야 한다며 매일 걸어다녀요.

나오미 할머니는 걸을 때도
모델처럼 멋지게 걷지요.

쉴 때도 의자에 앉지 않고
모델처럼 서서 멋지게 휴식한답니다.

마음의 선

69세 엘사 할머니.
노인 대학에서 배운 춤을 연습하다가 순서를 잊어버렸다.

할머니! 처음부터 다시 해 봐요.
그럼 생각날 지도 모르잖아요.
그런데 왜 아까부터 그 자리에서만 해요?

응, 여기가 내 자리야.
이 할미가 맨 앞에서 춤을 추거든.

할머니가 센터예요?

응, 내가 센터야.

우와 할머니가 춤을 제일 잘 추나 보다.

다른 사람들 앞에 서서 이끄는 사람이 되려면
지켜야 할 것들이 많단다. 특히 선을 넘어서는 안 돼.
마음의 선 감정의 선.
그래서 이 선을 넘지 않도록 항상 조심한단다.

천사의 노래

미미야.
너 젊었을 때 노래 잘했는데.
미미 할머니가 앤 할머니를 칭찬합니다.

너도 노래 진짜 잘했는데.
이번에는 앤 할머니가 미미 할머니를 칭찬합니다.

67세 미미 할머니와 68세 앤 할머니는
어려서부터 친한 동무입니다.

미미 할머니와 앤 할머니는
가수보다 노래를 더 잘합니다.

우리 오랜만에 노래 한번 불러 볼까?

미미 할머니와 앤 할머니가 바다를 보며
거룩한 천사의 음성으로 노래를 부릅니다.

바다가 고요하게 귀를 쫑긋하며
두 친구의 노래를 들어줍니다.

걱정 마세요

이거 어떻게 하지?
내가 기차를 잘못 탄 거 같아.

70세 에밀라 할머니가
기차를 잘못 탔다고 계속 걱정을 한다.

기차표를 보니 맞게 탔는데
걱정하지 말라고 나 내릴 때 같이 내리면 된다고
아무리 말해도 할머니는 걱정만 한다.

어떻게 하지?
내가 기차를 잘못 타서 아무도 마중 안 나왔을 텐데.
무서워서 벌벌 떠는 에밀라 할머니.

할머니 걱정 마세요.
저도 기차 처음 타는데요.
기차가 할머니 가는 곳까지 안전하게 데려다 줄 거예요.

인형 놀이

할머니 거기서 뭐 하세요?

인형 놀이한다.

인형 놀이요?

응.
내가 예쁜 옷 입고, 예쁜 신발 신고
이렇게 움직이지 않고 서 있으면
사람들이 와서 이 옷을 산단다.

내일모레면 70세가 되는 옷 가게 주인 니나 할머니.
니나 할머니는 마네킹 할머니.

마네킹처럼 예쁜 옷을 입고
마네킹처럼 온종일 꼼짝 않고 서 있는
니나 할머니는 마네킹 할머니.

절약 계산대

하나, 둘, 셋.

가만있어 보자.
이거 한꺼번에 너무 많이 사는 거 아니냐?
꼭 필요한 거 한 개씩만 사거라.
아무리 세일이라 해도 과소비하면 안 된다 .

백화점에서 일하는 샤론 할머니.
할머니의 나이는 70세.

누구에게나 친절하고 명랑한 샤론 할머니.

이 백화점에서 25년째 일하는
샤론 할머니의 계산대는 절약 계산대.

이것 저것 많이 골라도
샤론 할머니 계산대에 오르면
꼭 필요한 것만 사게 되는
할머니의 계산대는 절약 계산대.

얼굴이 예쁜 니나 할머니.
할머니 나이는 85세.

사랑하는 할아버지가 돌아가시고
고양이와 둘이서 사는 니나 할머니.

정기 검진 받으러 병원에 가고
마사지 받을 때만 외출하는
부끄럼쟁이 니나 할머니.

할아버지들한테 인기가 많아도
돌아가신 할아버지만 사랑하는 니나 할머니.

니나 할머니
할머니는 왜 이렇게 예뻐요?
할머니는 아기 때부터 예뻤어요?

니나 할머니
할머니처럼 예뻐지려면 어떻게 해야 돼요?

잘 먹고 잘 자면 된단다.

잘 먹고 잘 자고?
에이, 그게 다예요?

좋은 생각만 하고
모든 게 다 좋다고 생각하면
예뻐진단다.

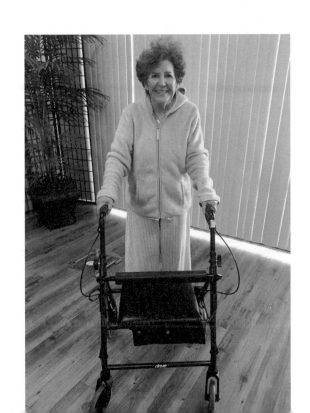

마법의 약

예쁜 아줌마!

아가야, 나는 할머니야, 할머니.
나한테도 너만 한 손주가 있단다.

와 정말이에요? 할머니?

그럼, 정말이지.

그런데 할머니는 왜 우리 할머니처럼 꼬부랑 할머니가 아니에요?
우리 할머니는 얼굴에 주름도 많고 머리도 설탕처럼 하얀데.

글쎄 왜 그럴까?

내가 아까부터 자세히 살펴봤는데
지나 할머니는 병원에서 오랫동안 차례를 기다려도
절대 짜증을 내지 않아요.

지나 할머니는 병원에서 젊어지는 약을 타가는 것 같아요.
그 마법의 약은 바로 웃.음.과 미.소.

꿈을 구워요

할머니 뭐 하세요?
공부한다.

무슨 공부요?
빵 만드는 공부.

빵 만드는 것도 공부해야 돼요? 할머니?
그럼 몸에 좋은 빵을 만들려면 공부를 열심히 해야 해.
이 할미는 열심히 공부해서 꼭 좋은 제빵사가 될 거야.

제빵 필기 시험 준비를 하는
84세, 줄리 할머니의 꿈은
좋은 제빵사가 되는 거다.

제빵사 줄리 할머니
제빵 시험에 꼭 붙으세요.
파이팅!

지금 네가 있는 자리가
최고의 자리란다

차렷!
경례!

자 애들아.
줄 맞춰서 똑바로 앉아 보자.

삐뚤빼뚤 심술꾸러기 마음.
뾰족뾰족 남한테 상처주는 마음.
예쁜 마음 고운 마음으로 똑바로 맞춰 보자.

가위야 네 자리로 가거라.
거기는 스패너 자리란다.
남의 자리 빼앗지 말고
네 자리에서 최선을 다하거라.

공구 가게 톰 할아버지는
줄 맞추기 대장.
바른말하기 대장.

한국 음식

할머니, 신라면 알아요?

그럼, 알지.
나는 한국 음식 좋아해.

할머니, 그럼 고추장도 알아요?

그럼, 알지.
이 할미는 비빔밥도 잘 먹어.

과일이 싸고 신선하다고 한국마켓에 자주 오는
65세, 글로리아 할머니.

신라면도 좋아하고
고추장도 잘 먹는
글로리아 할머니는
미국 할머니일까요?
아니면 한국 할머니일까요?

알아맞혀 보세요.

내 나이가 어때서

허리를 미끈하게 펴고
다리를 쭉쭉 뻗으며
미스코리아 언니처럼
예쁘게 운동하는
79세 낸시 할머니.

운동할 때도 예쁜 옷을 입어야 해.

왜요 할머니?

그래야 몸이 예뻐지거든.

할머니 할머니 낸시 할머니.
할머니는 운동하면서
왜 자꾸만 그렇게 큰 소리로 웃어요?

웃으면서 운동해야 힘이 안 들거든.

걷기 대장 미스코리아 낸시 할머니.
큰 소리로 웃는 웃기 대장 낸시 할머니.

온 세상 할머니 할아버지의
다정한 친구가 되고 싶습니다.

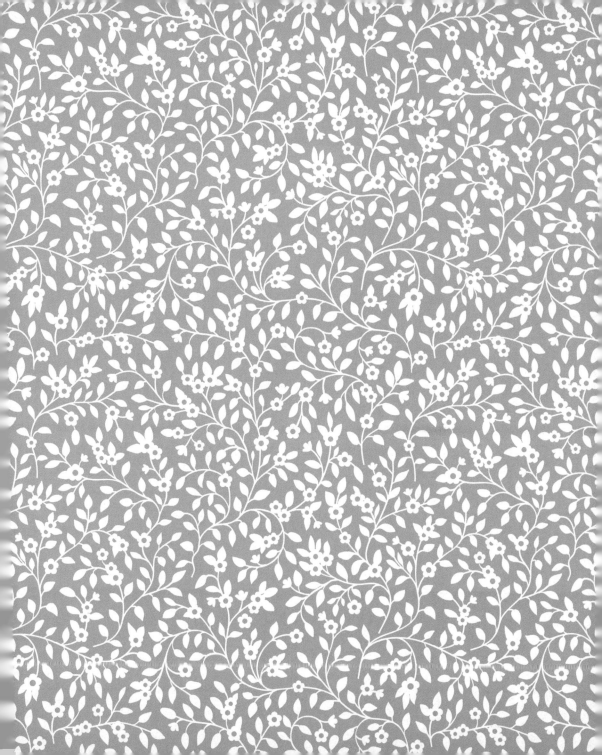